Dedicado a la memoria de Jan Ormerod

1946–2013

EDICIONES
ekaré

Traducción: María Francisca Mayobre

Primera edición, 2014

© 2013 Jan Ormerod, texto
© 2013 Andrew Joyner, ilustraciones
© 2013 Ediciones Ekaré

Av. Luis Roche, Edif. Banco del Libro, Altamira Sur. Caracas 1060, Venezuela
C/ Sant Agustí 6, bajos. 08012 Barcelona, España

www.ekare.com

Publicado por primera vez en inglés por Little Hare Books, Australia (un sello de Hardie Grant Egmont)
Derechos al español adquiridos a través de VeroK Agency, España
Título original: *The Swap*

ISBN 978-84-941716-2-8 · Depósito Legal B.23394.2013

EL CAMBALACHE

Jan Ormerod • Andrew Joyner

Ediciones Ekaré

—Tu hermanito bebé es precioso —dijo mamá Cocodrilo—. Es verde como una oruga y sus ojos son amarillos como la yema del huevo.

Carolina Cocodrilo estaba celosa.
—Huele mal —dijo.

—Adora comer pescado
y ranas —dijo mamá
Cocodrilo.

Carolina estaba celosa.
—No es divertido —dijo.

–Mira qué hocico tan adorable tiene
–dijo mamá Cocodrilo.

Carolina estaba muy muy celosa.

–Babea –dijo.

—Tiene la piel escamosa
y pequeñas garras afiladas
—dijo mamá.

—Ocupa todo tu regazo —dijo
Carolina.

Pero mamá Cocodrilo estaba
dándole al bebé un gran
beso apretado y estruendoso.

Carolina estaba muy muy
muy celosa.

Ella también quería un beso
apretado y estruendoso
de mamá Cocodrilo.

Al día siguiente, mamá Cocodrilo dijo:
—Este sombrero nuevo no es exactamente lo que yo quería. Iré a la sombrerería a hacer un cambalache por uno justo a mi medida.

—Sé una buena niña, Carolina, y cuida a tu hermanito —dijo mamá—. Regreso pronto.

Carolina esperaba pacientemente mientras su hermanito no dejaba de babear.

Carolina vio que estaban frente a la tienda de bebés
y entonces entró con su hermanito.

—Este hermanito no es exactamente lo que yo quería —dijo—. Huele mal y babea, no es divertido y ocupa todo el regazo de mamá. Quiero hacer un cambalache por uno justo a mi medida.

—Por supuesto dijo el vendedor—. ¿Te gustaría
un bebé panda? Es tan suave y tierno.

—Bueno, mi mamá adora los ojos
amarillos —dijo Carolina.

—¿Por qué no lo pruebas? —dijo el vendedor.

Carolina se llevó al bebé panda a merendar.

–¿Pescado o ranas? –le preguntó Carolina.

El bebé panda se comió la silla de bambú en la que estaba sentado. Luego, también se comió la de Carolina.

Carolina devolvió al panda a la tienda de bebés.

—No sirve —dijo Carolina—. Es muy quisquilloso para comer.

—¿Te gustaría este bebé elefante
de trompa encantadora?
—dijo el vendedor.

—Bueno, la trompa parece un hocico.
Mi mamá adora los hocicos —dijo Carolina.

Carolina Cocodrilo llevó al bebé elefante a la fuente.

El bebé elefante hizo un gran escándalo con su trompa y mojó a todos los que pasaban. Luego, se sentó en la fuente y la rompió.

Carolina devolvió al elefante a la tienda de bebés.

—No sirve —dijo—.
Salpica demasido.

—Entonces, ¿te gustaría probar con estos tigres gemelos? —dijo el vendedor—. ¡Doble diversión! ¡Y además tienen pequeñas garras afiladas!

—Bueno, mi mamá adora las pequeñas garras afiladas.

Los dos bebés tigre salieron corriendo hacia la juguetería.

Empujaron a los pequeños de sus sillas,
desordenaron los rompecabezas, tumbaron
las estanterías, rasgaron los peluches,
estrellaron los carritos y devoraron los libros.

Carolina devolvió a los tigres
gemelos a la tienda de bebés.

—No sirven —dijo—.
Son agotadores.

—¿Te gustaría una bebé jirafa?
—dijo el vendedor.

—No sirve. Mi mamá adora
a los bebés escamosos.

—¿Un bebé cerdo? —sugirió
el vendedor.

—No sirve —dijo—. Mi mamá adora
a los bebés verdes.

—Bueno, sólo me queda este bebé cocodrilo
de segunda mano. Está en perfectas
condiciones y hasta tiene un diente nuevo
y reluciente —dijo el vendedor.

—¡Mi hermanito con un diente nuevo! ¡Por
eso babeaba! —exclamó Carolina Cocodrilo—.
Te llevo de vuelta. Hueles mal y babeas,
pero al menos no eres quisquilloso para
comer, no salpicas ni eres agotador.

Después de todo, estás hecho justo a mi medida.

Mamá Cocodrilo regresó con su nuevo sombrero.

—Qué bien has cuidado a tu hermanito. Eres una hermana mayor maravillosa. ¡Mira, tiene un diente nuevo! Cuando le salgan todos los dientes va a ser tan guapo como tú, Carolina. Tendrá tu piel escamosa y verde, tus ojos amarillos, tus garras afiladas y tu hocico adorable.

Y entonces mamá Cocodrilo le dio a Carolina
un gran beso apretado y estruendoso.